O LIVRO DAS IDEIAS BRILHANTES

Copyright © 2015 *by* The Brothers McLeod

Título original
A Book of Brilliant Ideas

Capa: Raul Fernandes
sobre original de Greg McLeod e Claire Cater

Projeto gráfico de miolo: Design 23

Tradução: Heloísa Leal

Editoração: FA studio

Impresso no Brasil
Printed in Brazil
2016

CIP-BRASIL. CATALOGAÇÃO NA PUBLICAÇÃO
SINDICATO NACIONAL DOS EDITORES DE LIVROS, RJ

M429L

Mcleod, the brothers
O livro das ideias brilhantes: (e o que fazer para tê-las) / the brothers
Mcleod; tradução Heloísa Leal. — 1. ed. — Rio de Janeiro: Valentina, 2016.
192 p. : il. ; 21 cm.

Tradução de: A book of brilliant ideas
ISBN 978-85-5889-010-6

1. Criatividade. 2. Imaginação — Literatura infantojuvenil inglesa.
I. Leal, Heloísa. II. Título.

16-32893

CDD: 028.5
CDU: 087.5

Todos os livros da Editora Valentina estão em conformidade com
o novo Acordo Ortográfico da Língua Portuguesa.

Todos os direitos desta edição reservados à

EDITORA VALENTINA
Rua Santa Clara 50/1107 – Copacabana
Rio de Janeiro – 22041-012
Tel/Fax: (21) 3208-8777
www.editoravalentina.com.br

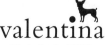

valentina

Rio de Janeiro | 2016
1ª edição

Introdução

Oi, eu sou o Greg.

E eu sou o Myles.

Ele é redator.

E ele faz rabiscos.

Eu sou ilustrador!

Que seja.

Este é o nosso livro para ajudar você a ter ideias brilhantes.

Basicamente, o nosso objetivo é fazer com que você encha as páginas de palavras e desenhos que possam inspirá-lo a criar algo maravilhoso.

Se algum dia você der uma olhada
no livro, quando ele já estiver todo
amassado e com as páginas amareladas,
cheias de rabiscos e anotações, e disser,
"quanta maluquice!", então, teremos
cumprido a nossa missão!

— O livro inclui mil dicas e insights sobre o que
nós fazemos para ter ideias.

Mas também traz um monte de exercícios
bem simples para incentivar a criatividade e
silenciar o seu crítico interior.

Você pode seguir as sugestões na ordem até
o fim, ou escolher páginas aleatoriamente,
quando estiver precisando de inspiração.

Alguns exercícios são de
desenho, outros de texto,
já outros servem somente para
provocar ideias e inspirar.

Vamos começar com...

UMA BREVE HISTÓRIA DAS IDEIAS
* Parte Um *

Estou sempre fazendo aquilo que não sei fazer, para poder aprender a fazer.
Pablo Picasso

Escreva aqui todas as coisas que você tem muita vontade de fazer, mas ainda não sabe. Faça um desenho para cada uma.

— Eu adoraria falar russo fluentemente!

Привет, брат! —

DINOSSAURO NÃO DESCOBERTO

Faltam três minutos para a palestra mais importante da sua vida. Você é um paleobiólogo mundialmente famoso e está prestes a anunciar a descoberta de um novo dinossauro, diferente de todos que já se viram. Infelizmente, você esqueceu tudinho que sabe sobre o bicho. Mas não se desespere! Como você é muito famoso, todo mundo vai acreditar no que disser; portanto, invente cada detalhe.

Por favor, professor, fale sobre a sua nova descoberta aqui:

Nome científico
do dinossauro: . . . .

Altura: . . . .

Peso: . . . .

Comprimento: . . . .

Alimentação: . . . .

Habitat: . . . .

Outras características marcantes: . . . .

. . . .

. . . .

Agora, desenhe o dinossauro:

Preencha os balõezinhos:

Desenhe o seu próprio tapete:

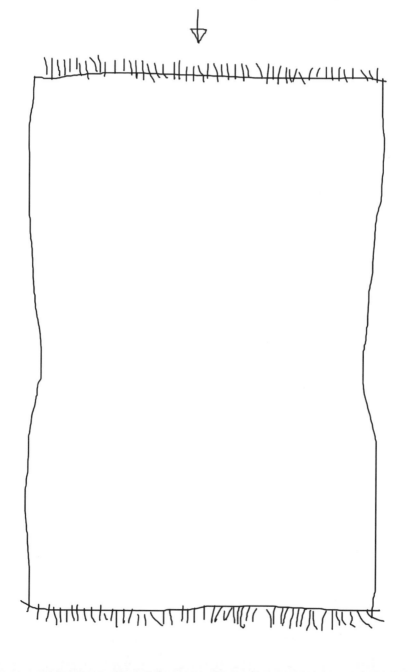

Emaranhado – encontre novos personagens.

Agora, experimente fazer o seu.

Dica: desenhe as linhas depressa e sem pensar.

Dê cabeças a eles:

Dê corpos a eles:

FRASES INICIAIS PARA O SEU
GRANDE ROMANCE

Ela deixou o buquê de flores no aquário; foi a sua maneira de dizer que...

10 de maio de 1942. Acabei de voltar de uma reunião com os Buldogues e os Bassês. Na minha opinião...

Pelo menos, deciframos a fórmula; portanto, agora podemos...

O trono tinha o formato de um ovo e era pintado de...

Montague era um sujeito alto e longilíneo, que até teria uma bela figura, não fossem as duas gigantescas espinhas abaixo dos lábios salientes. Ele tinha o ar de alguém que...

Continue uma das histórias:

PREVEJA AS FUTURAS
GINÁSTICAS DA MODA

Filates (Pilates na fila)
Cai Chi Chuan (no shopping lotado)
Aefóbica (para quem tem pânico de ginástica)
Postura do Urso de Cabeça para Baixo

Agora, é sua vez:

1. _____
2. _____
3. _____
4. _____
5. _____

Invente apelidos deliciosamente insultuosos para ex-namoradas:

Bicho-de-Espelho

TPMGG

Malelévola

Googla, a sabe-tudo

Lady Barraco

Invente apelidos deliciosamente insultuosos para ex-namorados:

Omem Sem H

    Exterminador do Futuro a Dois

Fiasco Facial

        Kid Palito

            Ney Andertal

    Machôxo

De onde vêm as ideias?
Parte Um.

O que são exatamente as ideias, Greg?

Bem, Myles, alguns acreditam que são pequenos arrotos mágicos que invadem nossos pensamentos.

Sei.

Mas outros dizem que são vermes invisíveis que penetram diretamente nos neurônios.

Nunca tinha ouvido falar nisso.

Alguns teóricos sugerem que as ideias são vagos sussurros de alienígenas se comunicando num nível quântico.

Você está inventando isso?

E mais gente ainda afirma que elas não são reais e nada existe de fato.

De todas as explicações, essa é a mais inútil.

Há quem diga que ideias são laivos de inspiração criando imagens mentais, provocados pelas nossas experiências, esperanças e sonhos.

Isso me parece o mais provável, embora um pouco óbvio.

Olha aqui, foram só ideias sobre a origem das ideias.

Ideias sobre ideias?

É isso aí. Aliás, de onde será que essas ideias vieram?

Ai! Minha cabeça tá doendo!

HAIKAIS ALEATÓRIOS
(5 SÍLABAS, 7 SÍLABAS, 5 SÍLABAS)

Experimente criar poemas na companhia de dois amigos.

Cada um de vocês deve escrever um verso, e em seguida cobrir o que escreveu para que o outro não veja o que foi escrito. Eis alguns que fizemos:

A porta abriu.
A sala está verde,
Olá, "aluno".

Davi ama Cris.
Chorando e silvando,
Cura o tempo.

Eu a escolhi.
O locutor é limpo.
Calor no quarto.

Coisas que Talvez Você Gostasse de Fazer Se Não Fossem Proibidas

Destruir uma Ferrari com uma marreta

Lutar boxe com cangurus

Pular pelado numa cama elástica no meio da rua

Dar um choque naquelas pessoas que andam com música saindo dos headphones

Usar a função Assento Ejetor para passageiros barulhentos no vagão silencioso do metrô

Comer um cisne
Comer uma tartaruga
Comer um cisne com recheio de tartaruga

O que você faria?

Hora de colorir!

Que tal colorir os formatos utilizando apenas cores complementares?

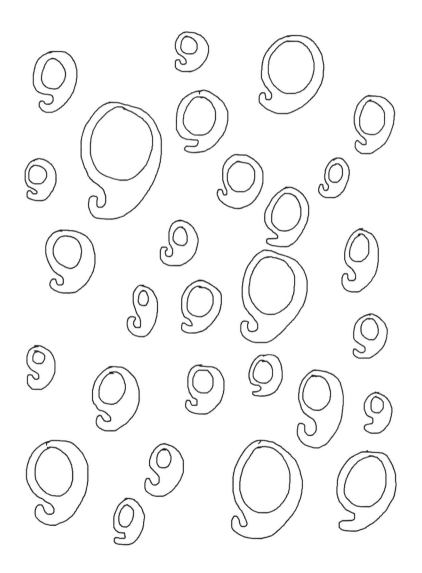

Formatos

Crie as suas próprias raças de cachorro usando os formatos:

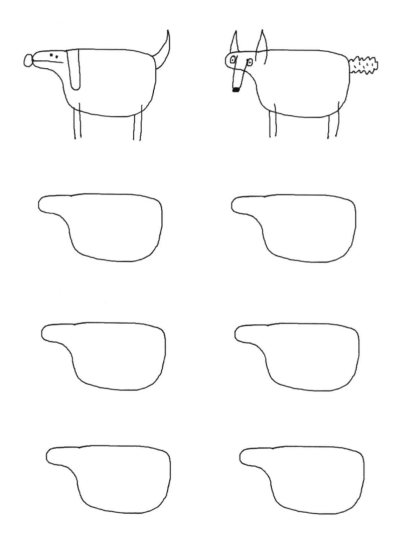

Salada de palavras

Faça uma lista com palavras aleatórias sobre um assunto específico e sorteie três de cada vez para produzir ideias.

Escreva abaixo as três palavras. Ao vê-las juntas, o que lhe vem à cabeça?

PAISAGEM URBANA

O perfil de uma cidade...

Algumas formas...

Acrescente detalhes...

Experimente fazer uma abaixo.

Perspectiva

Basta traçar algumas linhas para criar uma imagem com a perspectiva distorcida.

Experimente neste espaço:

Poesia de Bolso

Greg: Há algum tempo, Myles participou de uma oficina de poesia.

Myles: Que foi dada na escola onde Shakespeare estudou.

Greg: Maneiro!

Myles: Uma das tarefas foi escrever um poema sobre o que cada um tivesse no bolso.

Greg: E o que você tinha no bolso?

Myles: Uma flanela de limpar óculos.

Greg: Um tema fascinante.

Myles: Na verdade, fiquei surpreso de ver o quanto fui capaz de escrever sobre ela. Fazia anos que eu tinha o troço, e me fez pensar em como usar óculos era importante para mim.

E aí... o que é que você tem no bolso? Escreva, abaixo, um poema sobre o objeto.

Hora de colorir!

Às vezes, é bom colorir uma única imagem repetida; é muito terapêutico. Você pode colorir estas criaturas bizarras com as mesmas cores, ou variá-las, se preferir.

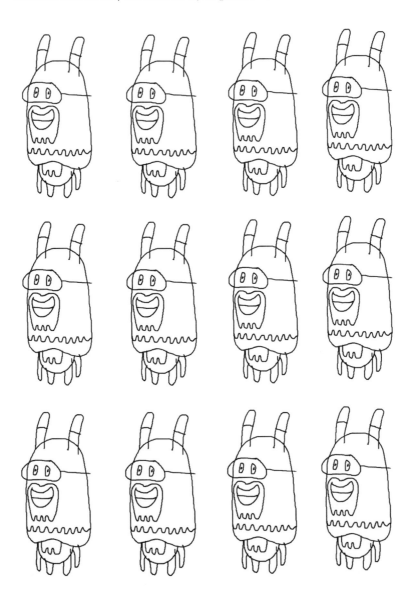

Formatos para Personagens

Usando um único formato, você pode criar múltiplos personagens. Até onde a sua imaginação é capaz de ir?

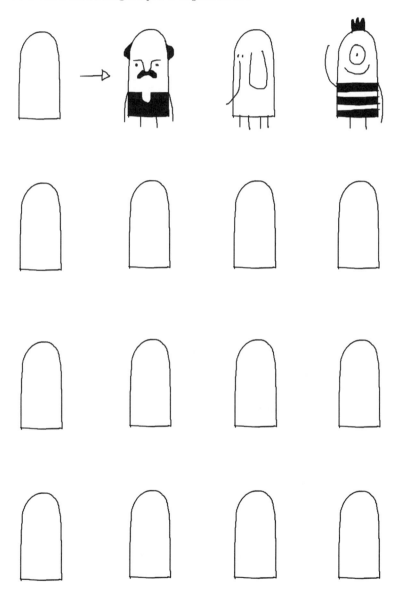

Espirais & Rabiscos
Desenhe uma espiral bem depressa e, em seguida, acrescente os enfeites.

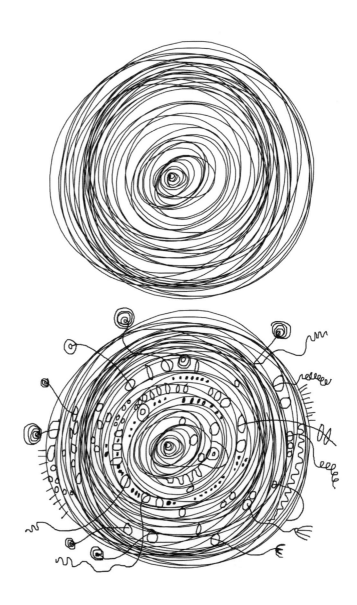

Faça aqui a sua própria versão

COMO NÃO TER IDEIAS

Continue na cama.

Ideias vêm de tudo quanto é lugar. Algumas vêm de dentro. O modo como você se sente num dado momento afeta as ideias que tem.

Faça, abaixo, um desenho que expresse como está se sentindo agora:

DESENHE O SEU PRÓPRIO TOTEM

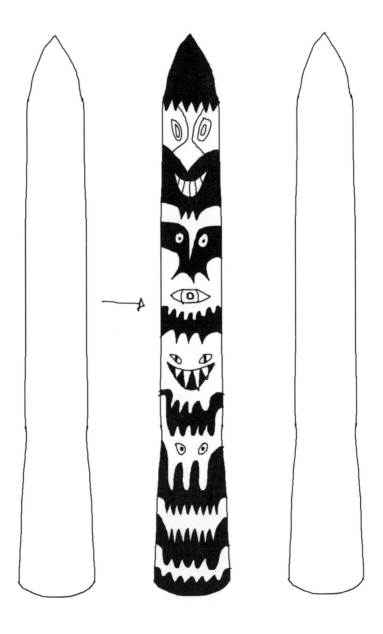

SONHAR ACORDADO FAZ BEM

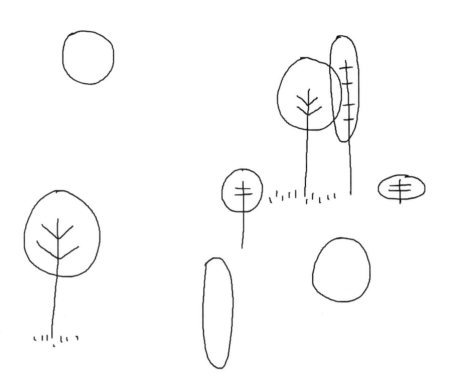

Crie uma floresta:

Desenhe formas circulares e ovais, e, em seguida, troncos de árvores e grama. Acrescente um pouco de cor.

CRIAR O PASSADO DE UM PERSONAGEM É UMA CHATICE

Greg: Myles, vamos criar um personagem!
Myles: Que chatice.
Greg: Ah, sim. Chatice!
Myles: Chatice! Chatice!

CHATICEEEEEEE! CHATIIIIIIIIIICE!

Às vezes, bolar personagens pode ser chato pra caramba. Há listas úteis na internet que podem te ajudar a fazer isso, tipo:

Qual é o nome dele?
Qual é a ideologia dele?
O que importa para ele?
Qual manequim ele veste?
Ele recicla?

São informações muito, muito úteis.

E pensar em todas elas é um saco.

Portanto, aqui vai uma lista bem curtinha e esperta para ajudar você a criar um personagem.

É baseada num lance aí que o Myles e eu fizemos quando estudamos criação de roteiros, mas com uma ou outra variação!

Nome: _____

Sobrenome: _____

Onde ele mora? _____

Qual é o queijo favorito dele? _____

Onde ele passa as férias? _____

Se fosse uma cor, qual seria? _____

Se fosse um animal, qual seria? _____

Ele tem um segredo. Qual é?

_____

_____

_____

_____

_____

_____

Não se sinta na obrigação de bolar algo fantástico. Basta escrever o que passar pela cabeça, por mais bobo que seja.

Uma vez, fizemos isso num workshop com crianças. Elas inventaram uma fadinha cor-de-rosa fofíssima, e, quando perguntamos, "Ela tem um segredo, qual é?", uma criança se saiu com a melhor resposta de todas: "Ela se odeia secretamente." Isso é que é dramaticidade!

OPOSTOS

Tudo bem. Dê uma boa olhada no personagem que você criou na página anterior. Agora imagine algum que seja o oposto.

Nome: _____

Sobrenome: _____

Onde ele mora? _____

Qual é o queijo favorito dele? _____

Onde ele passa as férias? _____

Se fosse uma cor, qual seria? _____

Se fosse um animal, qual seria? _____

Ele tem um segredo. Qual é?

_____

_____

_____

_____

_____

Agora, escreva uma discussão entre os dois personagens sobre a melhor maneira de comer um biscoito recheado.

A MELHOR MANEIRA DE COMER UM BISCOITO RECHEADO

CONSEQUÊNCIAS

Greg Myles, lembra quando nós éramos pequenos e jogávamos Jogo das Consequências?

Myles Ah, sim! Com a vovó. Usando um pedaço de papel que era todo dobrado, não é?

Greg Exatamente! Você escrevia o nome de um cara, aí dobrava o papel, depois escrevia o nome da mulher, e depois onde eles tinham se conhecido, o que ele tinha dito a ela, o que ela tinha dito a ele, e o que havia acontecido em seguida.

Myles E a cada resposta o papel era passado para o outro participante, de modo que a gente não sabia como a história iria acabar até desdobrar o papel no final, né?

Greg Sinceramente, esse é o jogo mais divertido que você pode jogar com um pedaço de papel e uma caneta.

Myles É mesmo!

Greg Aliás, a gente precisa jogar qualquer hora dessas.

O nome dele: _____

O nome dela: _____

Onde eles se conheceram: _____

O que ele disse a ela: _____

O que ela disse a ele: _____

O que aconteceu em seguida: _____

_____

_____

_____

ROBERTO

MARIA

NA BEIRA DO RIO

PERDI O MEU MICO
DE ESTIMAÇÃO

ESTOU COM OS
PÉS GELADOS

CAÍRAM PEIXES
DO CÉU

Brinque de Consequências com um amigo, e depois escreva as respostas:

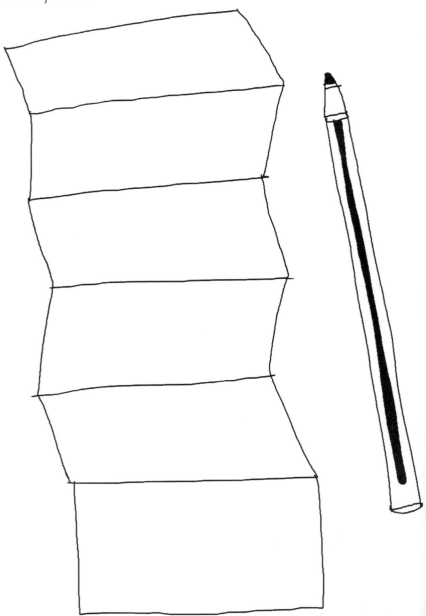

COMO NÃO TER IDEIAS

Assista televisão

Vou criar alguma coisa fantástica assim que o programa acabar.

QUATRO CANTOS

No começo da nossa carreira, fizemos uma animação para uma empresa de "gerenciamento de mudanças". Era usada para demonstrar as diferentes personalidades que se encontram no ambiente de trabalho e como elas podem agir umas contra as outras. Eles identificaram quatro tipos de administradores: os autocratas, os democratas, os aventureiros e os certinhos. O incrível para nós, na ocasião, foi observar que reunir esses quatro personagens em qualquer situação criava conflito e, como não podia deixar de ser, momentos dramáticos.

Desenhe os quatro e tente mostrar a sua personalidade, expressão e forma de vestir.

Autocrata	Democrata
Aventureiro	**Certinho**

QUATRO CANTOS

Escreva uma cena com os quatro tipos de personalidade da página anterior tentando tomar as rédeas de uma situação, cada qual a partir da sua visão de mundo. Qual é a situação? Hummm... eles perderam um lápis. Ou precisam desativar uma bomba capaz de destruir a galáxia. Você decide.

Às vezes, tenho a sensação de estar apenas recriando coisas que eu já vi.

É verdade, encontrar o próprio estilo pode ser complicado. É por isso que é importante ouvir a voz interior.

Parece meio bizarro.

Pode ser difícil encontrá-la. Mas você saberá quando isso acontecer, porque vai sentir uma conexão verdadeira com o que quer que esteja criando. Vai parecer uma coisa honesta, sincera, e você poderá até experimentar uma sensação de alívio... como se tivesse compreendido algo importante sobre si mesmo.

Então você está dizendo que eu devo dar ouvidos às vozes na minha cabeça?

DÊ OUVIDOS ÀS VOZES NA SUA CABEÇA!

COLABORAÇÃO

Greg   Nesta parte, você vai precisar de outra pessoa.

Myles   Um amigo criativo!

Greg   De repente, alguém que tenha habilidades diferentes das suas.

Myles   Por exemplo, o Greg gosta de desenhar e tocar bateria.

Greg   Já o Myles prefere se fantasiar de feiticeiro.

Myles   Hummm, não. Na verdade, eu trabalho como redator, e arranho um pouco de violão.

Greg   E se fantasia de feiticeiro.

Myles   Tecnicamente, é só uma túnica.

Greg   De feiticeiro.

Myles   Tá, mas os feiticeiros costumam ser muito criativos.

Desenhe um personagem aqui:

Agora, peça ao seu companheiro de criação que crie um perfil para o seu personagem. Qual é o nome dele? Onde vive? Com o que trabalha? Se fosse uma cor, qual seria? E se fosse um animal? Ele tem segredos? Quais são?

_____

_____

_____

_____

COLABORAÇÃO

Muito bem. Agora, a dupla criativa fará o mesmo que na página anterior, mas trocando de tarefa.

Escreva o perfil de um personagem aqui.

Agora, peça ao seu companheiro de criação para fazer um desenho inspirado nas suas palavras.

Greg   Não existe certo ou errado em matéria de criação de personagens.

Myles   Às vezes, o sketchbook do Greg basta para nos inspirar.

Greg   Outras vezes, começamos com vários esboços de personagens, e só mais adiante definimos a sua imagem.

Myles   O importante é brincar com as ideias.

Greg   Fuggy, o abafado, nosso ninja, começou como um simples rascunho.

Myles   Aliás, que diabo de atração é essa que você tem por ninjas?

Greg   Eu?!?

Myles   Dá um tempo. Você acha estranho eu me fantasiar de feiticeiro, mas eu já te vi fantasiado de ninja!

Greg   Eu não gosto de me fantasiar.

Myles   Mas se fantasia de ninja, não se fantasia?

Greg   O que eu faço não é me fantasiar. Eu só visto roupas pretas e ponho um gorro, uma balaclava.

Myles   Eu sabia.

Se você pudesse, sairia na rua fantasiado de quê?
Faça, abaixo, um desenho de si mesmo:

Desenhe ao som de música

Usando uma caneta ou um lápis, descreva uma música. Não se preocupe em fazer um desenho específico, apenas solte a mão e rabisque à vontade. Continue até encher a página.

Escolha uma peça de **música clássica** e faça um desenho no espaço abaixo enquanto a ouve:

AMIGOS IMAGINÁRIOS

Eis alguns dos nossos amigos imaginários:

Quem são os seus amigos imaginários?

INSEGURANÇA

PARTE UM

Todo mundo se sente inseguro em relação ao próprio trabalho criativo.

Mesmo que tenha passado a vida inteira criando. É normal.

Se você nunca se sente inseguro e acha que tudo que faz saiu da cabeça de um gênio irretocável... então, você é um idiota egocêntrico.

E digo mais, haverá coisas péssimas. É normal. É permitido.

George Lucas criou *Star Wars*, uma das séries de cinema mais populares de todos os tempos.

Mas ele também foi o criador de *Howard, o Pato*.

Para ser franco, nunca assisti.

Nem você, nem ninguém.

INSEGURANÇA

PARTE DOIS

Acredite em si mesmo.

Não de uma maneira religiosa, o que seria meio estranho.

Se você continuar criando coisas, vai se tornar cada vez melhor nisso.

E também vai começar a perceber o que lhe dá mais prazer.

Não se preocupe demais se os outros gostarão do que você criou.

Você tem que ser o primeiro a gostar.

Se você gosta, outros também gostarão.

Você vai acabar encontrando o seu público.

Não faz sentido criar coisas de que você não gosta.

Você acabaria arranjando um público com o qual não teria a menor afinidade.

Foi o que aconteceu com um comediante famoso.

Ele tinha um estilo muito pessoal de fazer humor.

Um dia, ouviu espectadores conversando enquanto estava numa cabine de banheiro. E se deu conta de que nem mesmo gostava daquelas pessoas.

Por que estava tentando fazê-las rir?

Foi aí que decidiu reinventar o tipo de humor que fazia e encontrar a sua tribo.

Minhas ideias acabaram

Não acabaram, não

Acabaram, sim

De jeito nenhum

Preencha os balõezinhos

PASSE UM DIA INTEIRO SEM ELETRICIDADE

COMO NÃO TER IDEIAS

Cheque o celular, depois o computador, depois o tablet,
e por fim volte a checar o celular. E assim sucessivamente.

Use os borrões de tinta abaixo para criar personagens ou objetos.

O que há no buraco?

É a sua vez!

Complete a história:

Dudu pegou a melancia e a atirou do alto do penhasco.

Ficou vendo a fruta cair e aterrissar em

COMO TER IDEIAS

Experimente ficar em silêncio. Ninguém dá nada por ele hoje em dia. Se você se vir cercado por um ambiente silencioso, o seu cérebro poderá decidir preencher o vazio produzindo mil e uma ideias.

VÁ ATÉ A CIDADE
MAIS PRÓXIMA ONDE
NUNCA ESTEVE

Conte uma história em seis balõezinhos

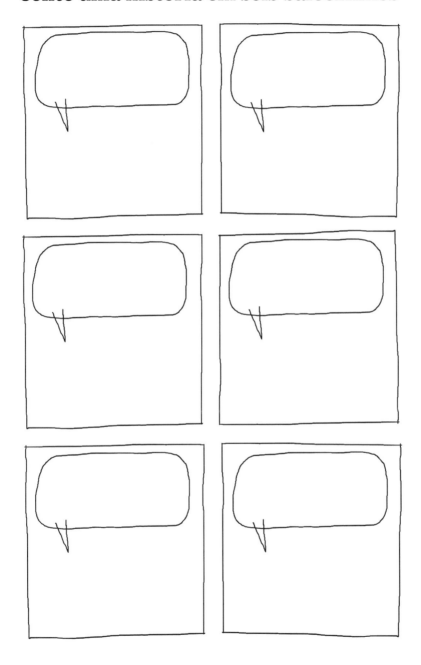

De onde vêm as ideias?

Há algum tempo, fizemos um pequeno projeto para a Royal Shakespeare Company, com poemas e desenhos sobre este tema específico.
Identificamos sete fontes de inspiração.
Veja que ideias elas provocam em você.

CIDADE NATAL

SONHOS

ROUBO

AMOR

RAIVA

MORTE

DIVERSÃO

Cidade natal

Onde você nasceu? Acha o lugar bem sem graça?
Entretanto, para alguém que esteja do outro lado do
planeta, ele pode parecer exótico, interessante, diferente.
Há muitas coisas no lugar em que você foi criado que o
influenciam. Shakespeare sabia tudo sobre as plantas e
os pássaros de sua Stratford-upon-Avon, e os mencionou
em suas peças teatrais muitos anos depois. Escreva sobre
onde você nasceu ou foi criado. Tente detectar o que torna
o lugar especial e de que modo influenciou você.

Sonhos

Os sonhos são ótimos, pois você pode estar andando numa rua, depois estar voando, pode ser você mesmo, de repente até do sexo oposto, e então novamente uma criança. Tudo é possível. Claro, muitas vezes os sonhos se apagam rapidamente da memória. Por isso, a melhor maneira de capturá-los é manter de prontidão um bloco e uma caneta na mesa de cabeceira. Quando acordar, anote-os imediatamente e desenhe as imagens. Quem sabe, elas não inspiram você? Talvez haja algo na sua mente que você possa encaixar na sua vida artística. Ou talvez apenas se dê conta de como a sua cabeça é... estranha.

Naturalmente, a palavra *sonhos* também tem outro significado – os sonhos pessoais, as ambições, a lista de desejos a serem realizados. Quais são os seus? Em que consistem?

Por que não está escrevendo sobre essas coisas?

Elas são importantes para você!

Mãos à obra!

Diversão

Tentar ser criativo pode se transformar numa obrigação, numa chatice, principalmente se você exigir demais de si mesmo.
Pare já com isso!

Temos algumas das nossas melhores ideias quando nos permitimos nos divertir.
Ficar de bobeira.
Ser inconsequentes.
Falar o que der na telha.

Não se sinta na obrigação absurda de ser o próximo Shakespeare ou Michelangelo.

Essa atmosfera de relaxamento intelectual é ainda mais divertida na companhia de um parceiro ou equipe de criação.

Vocês podem se encorajar mutuamente.

Fazer rir, contar piadas.

Depois, sim, você pode se preocupar em ver se criou algo que gostaria de levar adiante.

Roubo

Plágio é roubo.

Sim, se você apagasse o nosso nome na capa do livro e escrevesse o seu, seria péssimo. Portanto, não faça isso, tá?

Mas há um tipo diferente de roubo que é perfeitamente aceitável. Basta pensar em quantas histórias do Rei Artur já foram escritas! Todos esses autores "roubaram" a ideia original e a reescreveram. William Shakespeare pegou um monte de peças antigas e jogou o seu pozinho mágico nelas. Com isso, fez com que se tornassem dele – e muito melhores.

E aí, há alguma história antiga que você adore? (Lembre-se de verificar se já caiu em domínio público.) Todos os velhos contos de fadas estão aí para você reinventá-los! Por exemplo, Cinderela... uma personagem bastante passiva no velho conto infantil: realiza obedientemente todas as tarefas para a madrasta, até que, de repente, uma fada madrinha aparece e muda a sua vida. Consegue pensar em algum jeito de reinventar essa história?

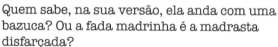

Quem sabe, na sua versão, ela anda com uma bazuca? Ou a fada madrinha é a madrasta disfarçada?

O quê?!? Como isso funciona? Tipo um thriller sobre conspiração, só que com mais abóboras? Eu gosto.

Isso resolve uma neura criativa que algumas pessoas têm. Você teme estar contando a mesma história que outra pessoa? Imitando desenhos? Pare com isso! Você é você, e vai contar a história do seu jeito.

Conte a história da Cinderela aqui –
mas do seu jeito:

Amor

Quem você ama?
O que te atrai nessa pessoa?
Quando se apaixonou?
Onde?

Se você fosse criar algo para essa pessoa, só para ela, a única espectadora de uma plateia, o que seria?

Às vezes, para definir a história, o desenho, o poema ou o filme, é muito útil se concentrar em fazê-lo para alguém que você conheça muito bem.

Qual é a sua ideia brilhante para criar algo para uma pessoa especial?

RAIVA

O que faz o seu sangue ferver?

Tome uma atitude agora.

Escreva uma história a respeito.

Faça um desenho.

Seja espirituoso e implacável.

Agora, faça de conta que se sente exatamente ao contrário. Finja que sustenta pontos de vista opostos. Por que você faria isso? Quais seriam os melhores argumentos para pensar dessa forma?

Há uma boa maneira para começar a pensar nos antagonistas das histórias!

Os melhores antagonistas são os que quase convencem você de que estão certos.

MORTE

Uau!!! Grande tema.

Concordo. Quando a gente pensa no assunto, vê que toda a criatividade gira em torno da morte.

Ou da vida.

Que é o oposto da morte; portanto, ainda é em torno da morte.

Mórbido, você.

Não, apenas profundo e filosófico.

Hummm...

Enfim... a morte envolve muita criatividade. De um ponto de vista ficcional, ela acrescenta perigo e altos riscos ao drama. De um ponto de vista pessoal, ela nos força a pensar no que realmente importa para nós. Há muitas maneiras de refletir sobre a morte com propósitos criativos.

Que figura histórica mais inspira você?

Se fosse morrer dentro de um ano e tivesse tempo para um último grande projeto criativo, o que faria?

Há alguém que você amou e morreu? Se fosse criar algo em memória dessa pessoa, o que seria?

Coloque plantas nos vasos

Espaço Criativo

Em vez de tentar criar coisas em casa ou no escritório, encontre outro lugar que seja propício à criatividade. Nós gostamos de ir a um bar na biblioteca do hotel que fica na esquina da rua do nosso escritório. Sempre aparecemos por lá para tomar café da manhã, ou beber alguma coisa.
Não há computadores. É o maior silêncio.
Um ótimo lugar para trocar e ter novas ideias.

Qual seria o seu lugar tranquilo e ideal para refletir? Escreva sobre ele, ou desenhe-o abaixo.

Esta criatura precisa de traços:

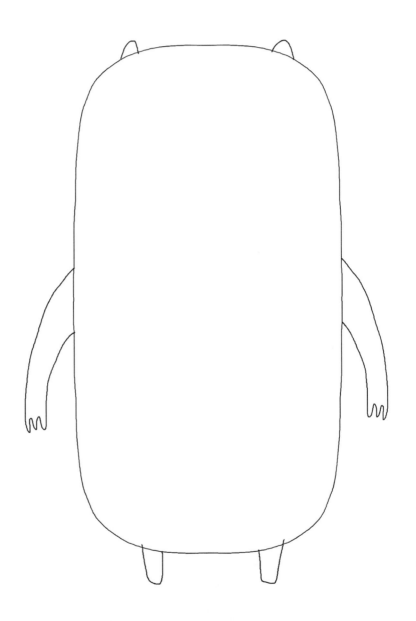

VAI DAR UMA VOLTA! DEIXA O CELULAR EM CASA

ESCRITA AUTOMÁTICA

Myles Já experimentou a técnica da escrita automática?
Greg É aquela em que a gente vai escrevendo sem parar pra pensar?
Myles Exatamente.
Greg Não, nunca. Por que não me fala a respeito nesta página?
Myles Vou fazer isso.

Pegue um livro. Abra-o numa página qualquer. Aponte para uma palavra.

Anote a palavra. Então, escreva na sequência as duas palavras anteriores. E depois, as duas posteriores.

Agora, use a frase resultante como título. Comece a escrever e não pare durante cinco minutos. Não pense demais no que está escrevendo. Seja o mais intuitivo possível. Apenas escreva. Não precisa fazer sentido. Apenas escreva.

Se você anda tendo dificuldades para fazer as ideias fluírem, este pode ser um exercício divertido de desbloqueio da constipação criativa.

A maior parte do tempo, você acaba escrevendo um monte de besteiras, mas, de vez em quando, algo muito interessante vem à tona. Eis aqui um trecho de escrita automática do meu arquivo!

Minhas cinco palavras foram **"Fundo Pele No Do Mar"**

Eis o que saiu do meu inconsciente.
É meio esquisito, mas interessante!

Fundo Pele No Do Mar

O fundo do mar é uma massa gigantesca de silício azul ondulante que flutua e serpenteia pela água como uma gelatina. É uma espécie de pele que vive dentro do mar, tocando e transformando tudo que encontra. Foi assim que começou a lenda das sereias. Uma criatura foi criada quando um homem chamado Nigel de Haviland pulou de um navio que afundava num barco em chamas e, em seguida, no mar. Ele caiu na pele marinha, que o envolveu com força, espremendo todo o ar de seus pulmões, mas isso não o incomodou, porque nesse instante descobriu que tinha guelras na garganta, uma cauda no lugar das pernas, e que as queimaduras na pele haviam cicatrizado.

A água gelada não mais arranhava o seu corpo,
que criara uma camada de gordura fina mas quente...
e ele se afastou: um novo homem. Mais do que um
novo homem: uma nova espécie. Muitos outros
sereios foram criados. Como a pele marinha já está
velha, bem poucos são criados, e a maioria dos velhos
já morreu ou vive tão fundo nos oceanos escuros
que ninguém os vê. Alguns voltaram para a terra e
perderam as características de peixe, mas viveram
suas longuíssimas vidas entre nós. Porque a pele do
mar também conferia longevidade aos sereios.

Dizem alguns que a pele do mar será renovada, que uma nova está se formando neste exato momento no fundo de algum oceano, esperando pela hora de se desprender, crescer e entrar nas correntes, exercendo a sua magia natural sobre as plantas e as criaturas que a encontrarem. Existe outra pele do mar, mas essa deve ser temida. Em vez de dar ou transformar características, ela as absorve. Há pessoas que receberam guelras e sustento ao se colarem a essa pele, mas ficaram permanentemente presas a ela, enquanto esvoaçam e tremulam pelas profundezas submarinas. É como um gigantesco pedaço de durex cheio de sujeiras, que coleta todos os dejetos e detritos que encontra pelo caminho. Também é muito velha, e tem inúmeras camadas de horríveis incrustações.

Quando ela sobe à superfície, um grande bafo de fedor malcheiroso, eviscerado, sulfuroso, nocivo e podre é emitido e intoxica pássaros, pescadores ou qualquer criatura aeróbia, e pode até matar se respirarem fundo. Diz a lenda que, algum dia, as duas peles do mar se encontrarão, e quem sabe o que acontecerá? Talvez uma absorva a outra. Talvez uma nova pele se forme, com propriedades maravilhosas, ou terríveis, ou ambas. Só o tempo dirá, e nosso tempo é tão curto que não espero ser eu a descobrir a verdade desse momento.

ESCRITA AUTOMÁTICA

Agora, é a sua vez – tente preencher as duas páginas.

Televisão

Qual é o nome mais idiota que você consegue pensar para um reality show?

_____

Qual é o nome mais idiota que você consegue pensar para uma novela?

_____

Qual é o nome mais idiota que você consegue pensar para um novo programa humorístico?

_____

SENTE-SE EM SILÊNCIO E FIQUE OLHANDO PELA JANELA DURANTE MEIA HORA

UMA BREVE HISTÓRIA DAS IDEIAS
* Parte Dois *

Se a oportunidade não bater, construa uma porta.
Milton Berle

O que há atrás da porta?

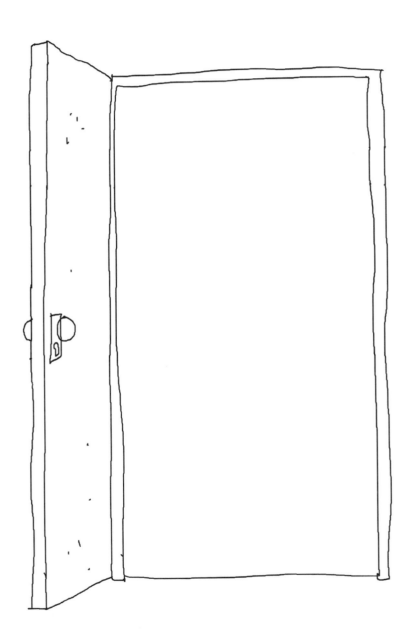

Recontando Velhas Histórias

Às vezes, é interessante usar uma velha história para fazer brotar novas ideias.
Experimente contar a história de um jeito diferente.

Era uma vez, três porquinhos...

COMO TER IDEIAS

Arrume a casa
Faça uma faxina
Passe o aspirador
Quem sabe você não entra em sintonia com o universo?

Desenhe ao som de música

Escolha um **rock** e faça, abaixo, um desenho – deixe
que a mão se mova ao ritmo da música,
e veja o que acontece.

Não, não estamos fazendo apologia do álcool como lubrificante da criatividade. Em geral, ele costuma surtir o efeito contrário. A taça de vinho é uma metáfora. Às vezes, quando a gente acaba trabalhando demais, ou até tendo ideias demais, pode se sentir vazio, como se tivesse esgotado toda a criatividade. Você precisa se reabastecer, mas como? Volte a se inspirar. Leia um livro. Vá passar o fim de semana em algum lugar interessante. Visite um museu. Uma galeria de arte. Assista a um clássico do cinema. Converse com um amigo que te inspira.

Você descobrirá que, com o tempo, sua taça de vinho voltará a se encher de suco criativo!

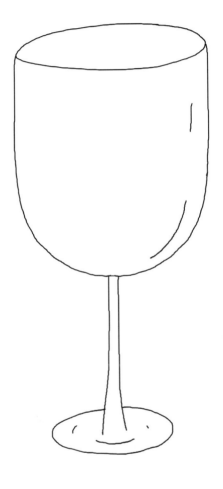

O que há na taça?

COMO NÃO TER IDEIAS

Fique esperando por um e-mail para poder responder imediatamente.

Complete o desenho:

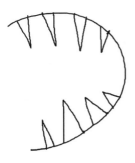

Complete a história

Não! Pare! Ponha isso de volta no

Dê um nome a este personagem.

Depois, complete os balõezinhos. Quais são as qualidades dele? E os defeitos? Qual é o seu histórico familiar? Com o que ele se preocupa? Qual é a sua ambição?

Complete o desenho:

Como ter ideias

**Relaxe. Se possível, apenas relaxe.
As ideias lhe ocorrerão naturalmente.**

Parabéns, você é o novo líder mundial!

Quais são as suas dez primeiras leis?

1. _____

2. _____

3. _____

4. _____

5. _____

6. _____

7. _____

8. _____

9. _____

10. _____

CAIXA DE PAPELÃO

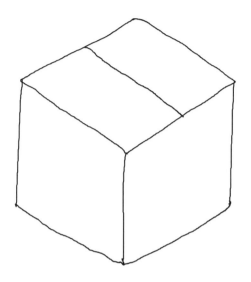

Esta é uma caixa de papelão.

O que há dentro dela?

Crie um slogan para ela.

Agora, decore-a.

NOVAS MANEIRAS DE ACORDAR

O Despertador de Pluma
O Edredom de Porco-Espinho
O Liquidificador Sinfônico
O Chuveiro Elefante

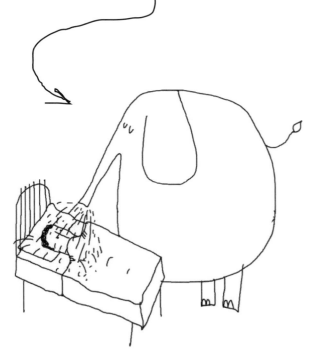

Escreva (e/ou desenhe) as suas ideias:

UMA BREVE HISTÓRIA DAS IDEIAS
* Parte Três *

> Minhas ideias não costumam vir quando estou sentada escrevendo, mas enquanto estou vivendo.
> **Anaïs Nin**

ME COLORE!

Agora, me dá um nome: _____

OPOSTOS

Às vezes, ao criar personagens, é útil fazê-los opostos. Isso pode produzir justaposições interessantes e a possibilidade de diálogos e interações entre eles. Abaixo, usamos dois formatos simples como ponto de partida. Acabamos concebendo um caminhoneiro tatuado e uma senhorinha estilosa.

OPOSTOS
Crie dois personagens opostos a partir das formas abaixo:

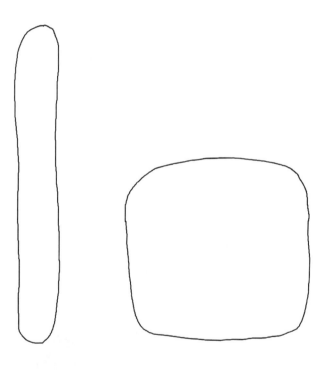

COMO NÃO TER IDEIAS NA CACHOLA

Tubo de Papelão

Jogue tempo fora falando num tubo de papelão com uma voz estranha, cavernosa. Myles fez isso enquanto (não) escrevia este livro, em várias ocasiões.

Formas Livres para Personagens

Desta vez, experimente usar círculos para criar múltiplos personagens:

Mapas

Nós adorávamos mapas na infância, e ainda gostamos de criá-los. Comece com a casa abaixo e desenhe a sua própria paisagem nas duas páginas. Será uma metrópole ou um vilarejo? Terá montanhas, florestas ou rios?

A escolha é sua. Quando terminar, todos os tipos de enredos poderão lhe ocorrer.

UMA BREVE HISTÓRIA DAS IDEIAS
* Parte Quatro *

Tudo acaba por ser interessante se o contemplarmos durante tempo suficiente.
Gustave Flaubert

Siga o conselho de Flaubert – escolha um objeto comum e fique olhando para ele. Deixe que provoque ideias para desenhar e/ou escrever abaixo:

COMO TER IDEIAS NA CACHOLA

Vá dar uma volta. Leve seu cachorro para passear.
Ou o cachorro de outra pessoa. Ou um cachorro imaginário.
Ou vá sozinho mesmo.
Às vezes, ficar sentado diante da mesa é a pior das ideias.

MANCHETES

Recorte palavras de manchetes de jornal e tente criar uma nova.

Cole a sua abaixo:

PLAYLIST

Crie uma playlist para um road movie filmado no deserto

1. _____

2. _____

3. _____

4. _____

5. _____

6. _____

7. _____

8. _____

9. _____

10. _____

Quem são os viajantes no filme?

Onde a viagem começa?

Qual o destino?

O que eles encontrarão quando chegarem?

Desenhe de olhos fechados

Desenhe, de olhos fechados, um personagem. Provavelmente sairá meio malfeito, mas, com um pouco de criatividade, você poderá transformá-lo em um desenho mais detalhado.

Antes　　　　　**Depois**

Mande ver aqui:

PLAFT!

Use os borrões de tinta abaixo para criar personagens e cenários.

Disto...

... para isto

Experimente

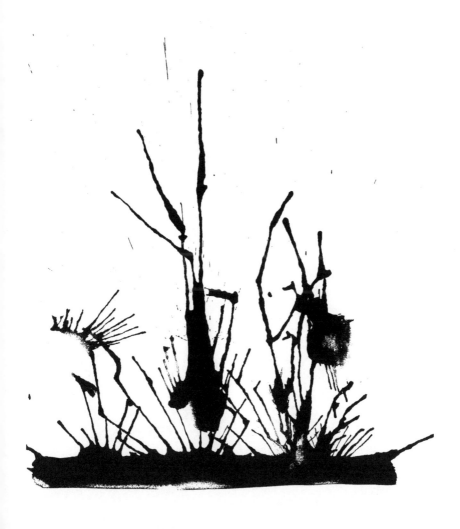

Emaranhado – encontre mais personagens.

Amigo ou Inimigo

Desenhe o seu próprio super-herói e o arqui-inimigo dele.

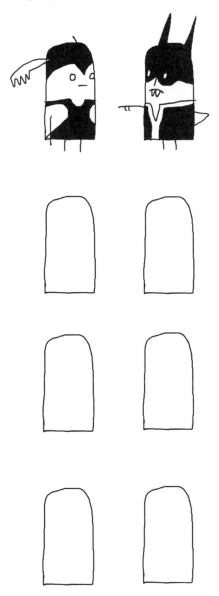

Preencha os balõezinhos

Repita formas

Às vezes, é gostoso sentar e desenhar a mesma forma zilhões de vezes, até encher a página. É incrível como surte um efeito calmante. Experimente fazer isso abaixo.

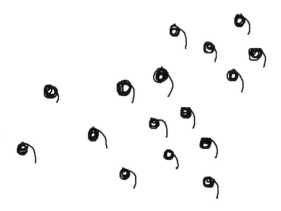

Cidade de Ficção Científica

Usando curvas e acrescentando detalhes, você pode criar a sua própria cidade de ficção científica.

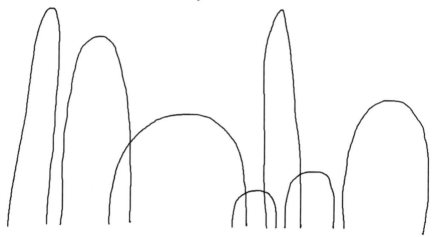

É a sua vez!

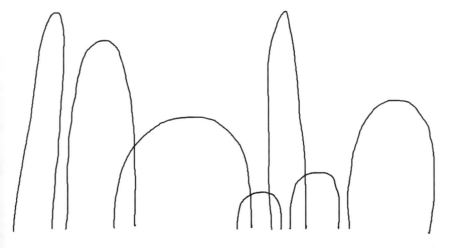

Agora, desenhe as suas próprias curvas e faça uma nova cidade:

OPOSTOS

Crie dois personagens opostos a partir das formas abaixo.

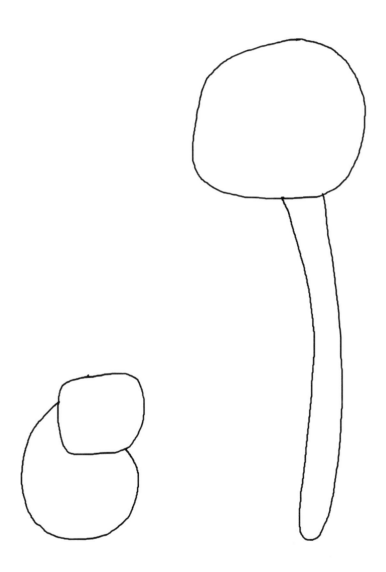

Desenhe na Lanchonete

Capte a essência de pessoas sentadas ou passando perto de você. Tente desenhá-las no seu vaivém apressado. Veja como consegue sintetizá-las num curto espaço de tempo.

Você agora. Experimente abaixo:

PLAYLIST

Crie uma playlist para um filme de terror:

1. _____

2. _____

3. _____

4. _____

5. _____

6. _____

7. _____

8. _____

9. _____

10. _____

O QUE TE DÁ MAIS MEDO?

DE ONDE VEM O SEU MEDO?

O QUE PODERIA DERROTAR O SEU MEDO?

Complete a história

Cadê o meu sapato? Juro que deixei em cima do banco, mas, já que sumiu, vou ter que

Complete o desenho:

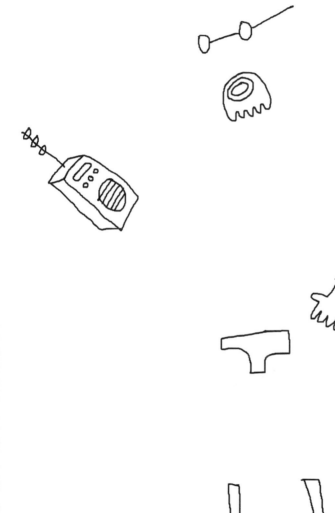

Um Novo Alfabeto

Crie novos símbolos para o alfabeto. Eis os nossos:

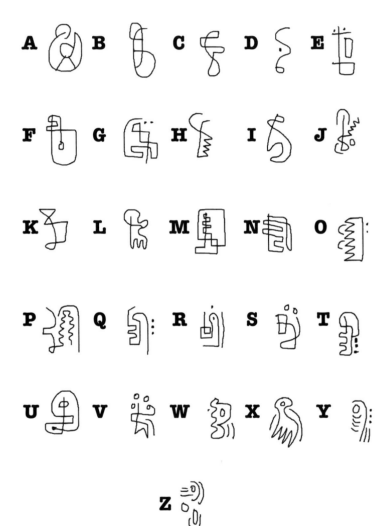

Experimente aqui:

A   B   C   D   E

F   G   H   I   J

K   L   M   N   O

P   Q   R   S   T

U   V   W   X   Y

Z

Desenho com a Mão Esquerda (ou Direita, se Você é Canhoto)
Olha só a minha tentativa...

Agora, é a sua vez:

Rostos em objetos domésticos

É incrível o que se pode fazer com um par de sobrancelhas! Desenhe rostos nos itens abaixo.

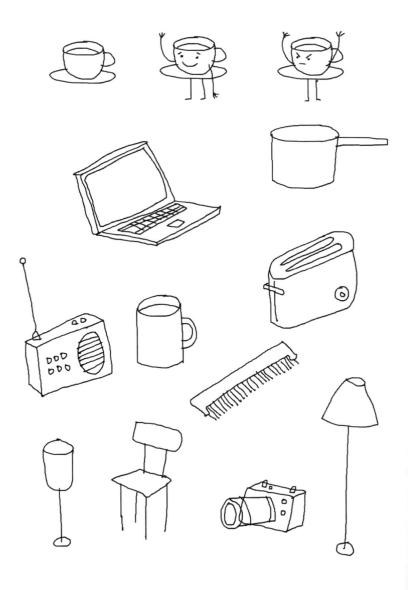

Desenhe alguns itens da sua casa e lhes dê rostos, transformando-os em seres vivos!

Colorido Geométrico

Um ótimo jeito de clarear as ideias.

Desenho Geométrico

Agora, faça o seu:

Desenhe a sua família de Bonecas Russas

Desenhe ao Som de Música

Escolha um hit de **música eletrônica** e faça o seu desenho abaixo – deixe que a mão se movimente no ritmo, e veja o que ela cria.

Arquitetura Incomum

Onde quer que você more, deve haver alguma construção que é um pouco estranha e destoa das demais.
Desenhe a sua e tente imaginá-la em um novo ambiente – uma montanha, uma ilha...
Quem vive lá? Qual é a história do morador?

Faça o seu desenho abaixo:

Vamos Desenhar e Colorir um Alienígena

Este é o nosso, você pode colori-lo.

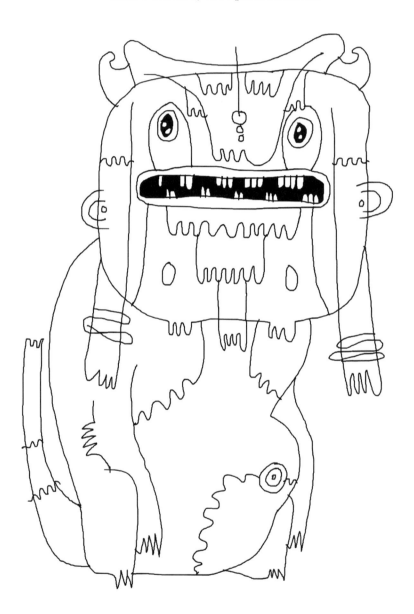

Agora, desenhe o seu:

PLAYLIST

Crie uma playlist para um filme sobre a sua infância:

1. _____

2. _____

3. _____

4. _____

5. _____

6. _____

7. _____

8. _____

9. _____

10. _____

Qual é a sua mais antiga lembrança de infância?

Desenhe e/ou escreva algo sobre ela:

FORMAS PARA PERSONAGENS

Aqui vai mais uma forma para você criar múltiplos personagens

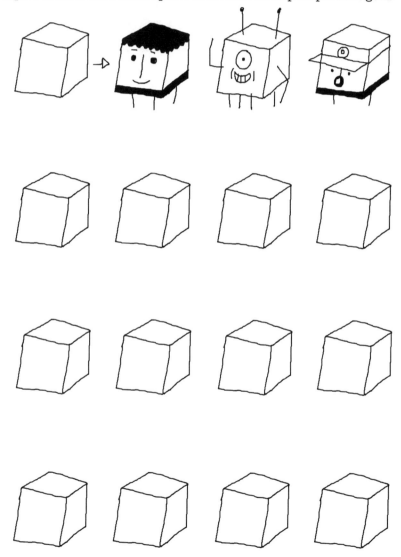

Quem está falando? O que estão dizendo?

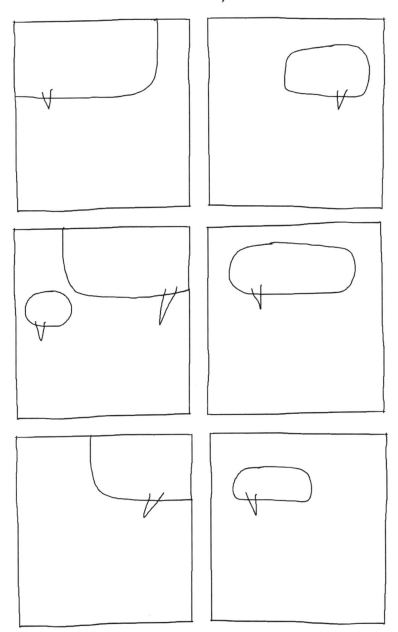

Desenhe este gênio do crime:

Cara de Foice

Desenhe este gênio do crime:

Zé Esqueleto

COMO NÃO TER IDEIAS

Passe horas no supermercado a pretexto de comprar uma coisa qualquer.

COMO TER IDEIAS

Como teria sido a sua ida ao supermercado se você estivesse...

EM PLENO APOCALIPSE ZUMBI?

Usando um Manto de Invisibilidade?

Enfrentando a Pior Nevasca do Século?

De Pijama?

Na Noite do Halloween?

Dentro de um Tanque de Guerra?

No Meio de um Eclipse Total do Sol?

Preencha os balõezinhos:

ASSISTA A UM FILME (OU VÍDEO) DE UM PAÍS ESCOLHIDO AO ACASO

Use os borrões de tinta para criar
personagens ou objetos.

DESENHE UM(A) POP STAR

Qual é o nome dele(a)? _____

Qual é o seu maior sucesso? _____

PARE!

Feche os olhos e conte até

100

enquanto visualiza os números.

Me Imite!

Tente espelhar a imagem para completar o desenho.

Crie a sua própria camiseta

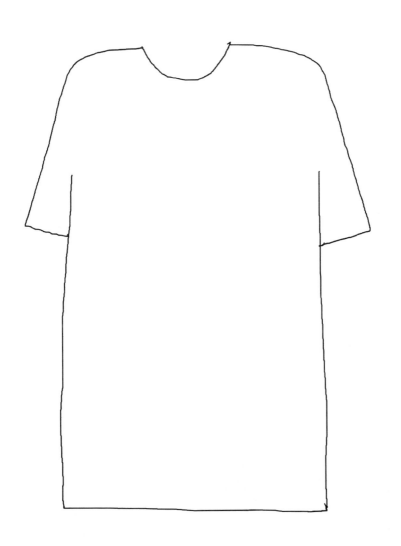

E, por fim, lembre-se disso: às vezes, a gente quer criar uma coisa qualquer só porque morre de vontade de dizer algo profundo.

E, outras vezes, só mesmo porque é bom criar...

POR PURA CURTIÇÃO!